그늘의 기원

시와소금 시인선 · 74

그늘의 기원

조성림 시집

시와소금

- 1955년 강원도 춘천 출생.
- 2001년 《문학세계》 신인상 등단.
- 시집으로 『지상의 편지』 『세월 정류장』 『겨울노래』 『천안행』
  『눈보라 속을 걸어가는 악기』 『붉은 가슴』이 있음.
- 한국문화예술위원회, 강원문화재단 전문예술창작지원금 수혜.
- 홍천여자중학교 교장 및 춘천문인협회 회장 역임.
- 현재, <표현시동인회> 회원.
- 전자주소 : csl4793@hanmail.net

꽃들을 버리고
열매들은 제 색깔과 과즙과 씨앗들을 얻어 들듯이

목숨의 시간을 버리고
시 몇 줌을 겨우 얻어들었다.

내가 가야 할 길이라고 했으니
소금처럼 빛났다.

고맙고 고마운 일이다,
그것으로

2018년 유월, 푸른 지내리에서
조성림

| 차례 |

제 **1** 부

토란과 길을 가다

비누

내가 소멸해야

그 향기 온통
너를 둘러쌀 것이니

꽃나무 같은 후광이
무진장

너에게 닿아 빛날 것이다

눈물

어머니는 어릴 적 나를 빚을 때
먼 길 떠난다고
눈물샘 가득
마르지 않을
바다를 넣어주었다

멀고 푸른 수평선

일생의 사막을 걸어가면서
슬프고도 슬픈 언덕이 파도칠 거라고,

그때마다
아끼지 말고
파도의 손수건을 꺼내
닦으라고,

별을 닦는 심정으로
저 어둠 닦으라고,

거기 가난한 밤의 얼굴들이
여명이 되고
샛별처럼 빛날 거라고,

눈물샘 깊숙이 출렁이던
깊고 푸른 소매

사막 아이

토성에서 막 불시착한 아이가
사막 한가운데
사막의 꽃처럼 웃고 있다

사방은 망망한 사막의 바다

할아버지는
망가진 비행선을
꼼꼼히 하나하나 고쳐가고

사막여우도 언젠가
너를 보고 싶어 오리라

사막의 종이 울려
노을이 쏟아질 때

여우와 함께
토성으로

돌아갈 날 기다리는 것만으로도 까무룩
설레는 지평이다

사려니 숲길

신성한 숲,

그 숲길을 걸어간다는 것만으로도
신성하다

졸참나무 서어나무 산딸나무 때죽나무 단풍나무 삼나무
편백나무…
서로 모든 어우러지는 것들의 이름,
가슴에 가득 부풀어 오르다

물찻오름 말찻오름 괴평이오름 마은이오름 거린오름
사려니오름,
먼 과거와 현재를 잇는 이 신비가
혈관처럼 타오르다

천미천 서중천
길고 긴 계곡의 흐느낌 너머
그대 마음으로 가는

수풀을 데리고 나오는 먼 길

검은 시대
어둠을 지나

바람의 영혼이 머리를 감고
천미천 물에서

까마귀들이 날개를 씻고 있다

이 거룩한 것들의 이름이 다시
가슴의 골짜기를 어루만지고 있다

토란과 길을 가다

재래시장에서
어린 토란 여섯이
토끼 귀처럼 귀를 쫑긋거리며
좋아라, 하고 길을 따라나선다

검은 비닐봉지 속에서는
달그락달그락,
세상이 궁금하여
세상을 내다보고 싶어 하는데

토란은 집 앞 텃밭에서
호기심으로 귀를 쫑긋거리며
마음의 잎을 넓혀 갈 것이다

비라도 후드득 오는 날이면
심심한 토란은
코끼리 귀 같은 잎사귀로
빗방울을 구슬처럼 굴릴 것이고

나도 덩달아
옥구슬 구르는 소리에
내 귀를 한 평씩 한 평씩
세상처럼 넓혀갈 것이다

호미

어머니 평생 밭일과
노동만 하시다 가신지 어언 이십여 년
살은 가고
뼈 같은 호미만 덩그러니 벽에 걸려 있네

나비가 돗으로 날아들고
가을 하늘 쪽빛으로 더욱 빛나는 날

닳고 닳은 호미 날에
파랗게 묻어나는 서러움들

영혼이 오듯

구름처럼
김을 매던 풀밭을
오늘 내가 서럽게 가고 있네

산뽕나무 귀로 듣다

소나기 자욱하게 뿌리는 날,
산뽕나무 수만 귀를 열어놓고
사무치게 듣고 있네

산뽕나무 수만 잎사귀는 왠지
누에를 치고 싶어 하네
누에에게 아작아작 뽕잎을
입에 넣어주고 싶어 하네

유년시절, 엄마가 먼 산골짜기에 들어가
누에를 키우시고,
누에는 먹고 자고 먹고 자고
넉 잠을 지나서
거짓말처럼 입에서 비단을 뽑았으니

저 산뽕나무 잎사귀의 음계를
빗줄기가 오늘따라 하염없이
골짜기 골짜기로 밟고 가네

집터

어느 사람은 이 집터가 부자富者 터라 했고
또 어느 사람은 이 집터가 나쁘다고 말했다

사실 얼마 전
여기 살았던 사람의 불행을
나중에야 조금 듣게 되었지만

그와 상관없이
작년에 농가를 구해
경계를 헐고
여기 셋방을 들었다

앞마당에는
삼십 년 된
주목과 구상나무와 감나무와 살구나무가
이미 들어와 살고 있었는데

한편으로 생각하면

여기 집터가 안 좋았으니 나한테까지 돌아왔지,
만약 이 집터가 좋았다면 나한테까지 돌아왔겠는가
턱없다,

불굴의 의지여,
그것이 실제로 집터의 문제였겠는가,

아니다,
오늘이 경전이고
오늘이 목숨이라고
저 붉게 쏟아지는 단풍들이
가슴에 뜨겁게 들어오는 하루이다

밀밭의 노래

봄에서 여름으로 가던 밀밭이
망막 저 멀리 물결치고

가난에서 가난으로 이사 가던 다섯 살,
다섯 살은 늙은 엄마 등에 업혀
마치 춤이라도 추는 듯 출렁거리고

길도 없던 밀밭 사이로
물결은 익어
바람에
황금의 머릿결이 휘날리던
오, 그 황홀함이

먼 시간의 여울 소리
언뜻언뜻 흐느낌처럼
장엄하게 물결치는데

그 시간 바다로 흘러갔으련만

방죽처럼 남아있는 물결이
가슴에서 멈추지 않네

밀밭의 물결 속에
어느 저녁처럼
나는 이제 시를 노래하는 사람
쓸쓸한 산모롱이를 노래하는 사람

그늘의 기원

가끔 가슴을 만져보면
나는 그늘이 많고
서늘하고 습습하다

아무튼 바다처럼
그 기원이 어디서 왔는지
도통 알 수가 없으나

그늘이 많다는 것은
어느 저쪽
햇빛 찬란하고 또한
나뭇잎 무성하다는 뜻인데

그늘로 인해
너에게 수많은 신록이
들어가 살았으면 하고
여름 내내 조아렸다

나에게 그늘 한 벌
저녁 창문인 듯 들어와 오히려
눈부셨다

경계

눈보라는 경계를 두지 않는다

경계는 이 지상의 일,

눈송이는 어디에서나 꽃을 만들고
심지어는 눈사람까지도 만들어 갔다

귀 기울이면
어디에서나 공평하게 쌓이는 하얀 음계 따라
밤새도록 어린 꿈에 푹푹 빠져들고
저 눈의 마음이
펑펑
환호성으로 쏟아져 내리는
눈부신 지구별에

경계도 없이
너와 나,
온통 하나가 되는 꽃잎들

시서詩書가 빛나다

그해 가을이 익어갈 무렵
나락 같은 시를 묶어
동해로
시집 하나 보내드렸더니

느닷없이
아리따운 보자기 같은
시서詩書 한 조각이 시인에게서
생각지 못하게 날아온 것이다

곰곰이 생각다 못해
지구의 끝자락에서 익힌
햅쌀 한 자루
다시 영 너머로 훌쩍 부쳐드렸다

왠지 그래야만 할 것 같은 가을,

평야가 보름달같이 말없이 눈부셨다

이제 산골로 출출히 들어갈 때

이제 나도 자루처럼 헐렁해져
농가라도 하나 얻고
당나귀도 하나 구해
산골로 출출히 떠나가야지

퍽이나 삐걱거리던 세상은
그대로 잘 살게 내버려 두고

겨울에서 봄으로 넘어오는 산골은
흰 눈 속에서 잘도 걸어 나오리

밤이면 잠 속으로 뛰어들어
가슴 뛰는
소쩍새 소리와

잃어버린 것들로 가득한
먼 곳에 외따로 있어도 좋아라

새벽 광활한 청보리밭
이슬의 감각 속으로
당나귀와 함께 천천히
방울 소리 힘차게 울리며
걸어서 들어가야지

다시, 부석사

세상에 돌멩이 한번 온전히
띄워 본 적 있는가

그 돌마저 그리워진 적 있다면
다시 저 무량수無量壽에 들어보라

이제 막 우수를 지났다 하지만
어느 곳 하나
세월의 단청 없이
민낯이다

법당도 단청 하나 없이
오로지 내면을
맑은 물밑처럼 들여다보았을 텐데

차가운 바람이 한껏
옷깃을 파고들어
노점의 아낙들은 해종일

한 생애처럼 발을 동동 구르고 있다

무량을 꿈꾸는 사과나무여,
아낙이나
나도
그 바람에 이끌려
모두 맨발의 단청으로
오늘을 가고 있다

봉합

옆 환자는
이십 년 넘게 잠을 못 자
정신과 약을 복용한다는데

화목보일러 장작을 전기톱으로 자르다
잠깐 한눈을 파는 사이
네 손가락이 달아나서

뼈를 잇고
신경을 봉합하고 누워 있다

삶을 봉합해야 하는
아찔한 봄날,

이제 막 피어난 꽃들은
아이들같이 재잘거리며
창가에 부서져 눈부셨다

시집을 읽다

감나무 아래 평상에
감꽃이 뚝뚝 질 무렵
감나무가 눈물로 쓴 시를

바람이 감동했는지
여러 장을 한꺼번에 후루룩 넘기며 읽고
또 여러 차례 읽는데

새들은 똥구멍으로 읽는지
새똥 한 덩어리
잘 읽었다고
털썩 떨구고는 후룩 날아갔다

영월

동강에
해정한 동강에 가면,
내 모든 것 내려놓고
맑디맑은 모래톱을 만날 거야

그 물빛 아래
머나먼 그대 얼굴
아련한 그대 얼굴,

순정한 세월의 돌들
구르고 굴러
민낯으로 만나 더욱
그립고 눈물겹겠네

나 동강에 다다라
꿈같은 물결 헤아리면
멀고 먼 뻥대의 노래 굽이쳐
그대에게 흐르고 또 흘러갈 거야

비올롱 줄

추분도 새벽 한 시
길고 긴
은하수로 뿌려지는 풀벌레 소리…

그 사이
귀뚜라미 한 마리
유난히 쉬지 않고 밤새
비올롱 줄 하나 끌고
새벽을 향하고 있다

한 닷새 저 철학자의 집에
뜨거운 불빛으로 나도 묵어야지,

다짐하고 다짐하는 새벽

겨울해녀

바다는 끝도 없이
오래도록 춤을 추었다

겨울에도 여인들은 굽히지 않고
바다사자처럼 젖은 채로
바다로 나아갔다

물결 아래서
길고 긴 한숨을 해종일
길어 올리고는

검은 현무암들의 구멍들이 숭숭
가슴을 뚫어

전복이며 다시마며 문어며…

바다의 모든 것들이 젖은 채
눈물처럼 반짝이며 올라왔다

어치

저녁이 오는 길가에
어치 한 마리 떨어져 죽어있다

날지 못하는 것은 새가 아니다

바위같이 먹먹한 적막

어릴 적 부르던 산까치 노래가
샘물처럼 귓가로 흘러갔다

날개는 새의 목숨

적막 위로
날개와 영혼을 가진 구름이 떠가고

어치의 쓸쓸함을
풀숲에 넣어
풍장을 푸르게 도왔다

빈집

평생 질곡의 삶을 몸소 살던,
저 구절양장의 길을
까닭도 없이 찾아가던
경북 봉화 귀내 마을

이제 선생은 십 년도 전에
어둠 속의 별로 떠나고
우수도 벌써 지났건만
아직 추위가 서성거리는 한낮

선생도 없는 이 빈집을
무슨 정신처럼
눈물방울 떨어지듯
쪽빛 하늘을 쳐다본다

어두운 나그네들의
별이 되어주고 또
밤새 두런두런 이야기가 되어주던

세월의 주름들
밭고랑처럼 정겹다

그 집은 이제 비어도
혼처럼 말을 쏟고 있다

매화마을

한 생애 기다려
매화꽃에 다다랐다

꽃들은 너도 나도 만개하여
가슴이 빛났다

섬진강 앞에 서니
눈부신 금모래가
강물을 온몸으로 받아들여
장엄한 한 줄기 노래가 되고 있다

사람도 꽃같이 몰려오고

재첩을 잡는 여인들은
섬섬옥수의 강물에 잠겨
뼈아픈 생활을 건지고 있다

인생 뭐 그리 깊이 생각하느냐고

꽃잎 지기 전 놀다 가라고,

신파조 풍각쟁이들이
꽹과리 소리를 잔돌처럼 날리며
지리산 골짜기 골짜기가 되어가고 있다

돌담 쌓기

돌을 쌓다 보니 알겠네

돌을 쌓는 일이
돌만 단순히 옮기고
그저 쌓아 올리는 일이 아니라고,

돌의 모양새를 이리저리 뜯어보고
눈으로 재어보고
하나하나 아귀를 맞춰가는 일이라고,

돌을 쌓다 보니
천천히 돌하고 두런두런 애기도 나누고
작은 돌은 작은 대로
큰 돌은 큰 대로
제각각 쓰임새가 다르고
들어갈 틈이 따로 있다는 것을,

앞에 나서는 돌만이 다가 아니라

뒤에서 속에서 받쳐 주어야
그제 서야 천천히
무슨 성벽처럼 조화롭게 말을 하고
벽이 되어간다는 것을,

담에는 돌만 사는 것이 아니라
거기 비어있는 공간으로
바람이 영혼처럼 넘나들고 있다는 것을,

지나가며 잠시 잠깐
푸른 혼처럼 노래하고 있다는 것을

고구마를 심다

까맣게 타들어 가는 봄날
타들어 가는 것이 어디 밭뿐이겠는가

땡볕 아래 고랑을 켜고
노파 혼자
고랑에 아주 철퍼덕 주저앉아
고구마 순을
이랑에 구멍을 낸 채
검은 비닐 위에 한없이
꽂아 넣고 있다

가뭄에 목을 축이려고
물통에 주전자에 있는 대로 물을 길어
구멍마다 부어대며
그 넝쿨 퍼져가라고
흙과 한 몸이 된 채
안간힘을 쓰고 있다

그 넝쿨 퍼져 나가면
거기 무슨 암시같이
땅속 주먹만 한 열매들은
자식이고 친척의 입속에 벌써
다디단 채로 넣어지고 있는데

지평으로 출렁거리는 넝쿨들도
하나의 춤이겠다

쏟아지는 땀방울 아래
한 생이 익어
부처처럼 환한 대낮이다

바다 소식

사내는 매일 어김없이
트럭에다
고등어 임연수 오징어 가자미 꽁치를
써 붙이고는
냉동의 바다를 새벽이면 팔러 나가네

저 바다의 기별을
하루도 빼놓지 않고

바다가 없는 마을로 굽이굽이 온종일
간 절인 바다를 외치며
파도가 없어 파도치는 삶을
산골짜기 산골짜기로 들고 나네

얼어붙은 바다가
해종일
산골에서 살아나
맨가슴처럼 파닥이며 들뛰고 있네

개구리 절창

오월도 하순
어스름이 천천히 내리고
먼 산 능선도 이제
하루 고달팠다고 쉬러 내려오는데

논이 자욱하게 울고 있는 게 아닌가

어제 막 모내기를 끝낸 어린 모들
먼 길 떠나는 어린 모들,
힘내라고 힘내라고…

모두 다 지친 저녁
무슨 잔치처럼
무반주로
와글와글 합창을 질러대고 있다

초여름,
밤이 깊어질수록
진흙 같은 절창이 자욱하다

오이꽃 여인

여인이 뒤뚱뒤뚱 오리걸음으로
오이 한 아름을
돈도 안 받고 굳이 그냥 가져가라 한다

남편은 무엇이 그리 급한지
수년 전 머나먼 별로 떠나고

자신도 몇 년 전
남의 집 비닐하우스에
씨앗 심으러 가다가 얼음에 미끄러져
두 다리 골절되고

혼자서
길고 긴 비닐하우스에
오이를 심어 애지중지 가꾸더니

어느덧 오이도 낭창낭창 새순을 내고
잎을 내더니

등불 같은 꽃들이 웃고 있다

마디마다 웃는 꽃들이 오늘
솟구치는 땀방울 사이로
주렁주렁 가시오이를 매달고 있다

배나무에게 길을 내주다

뒤란에 엄청 큰 배나무 한 그루 있는데
악다구니 같은 가시넝쿨이
나무 전체를 휘감아 안쓰럽기도 하여
그 넝쿨 한 가닥 한 가닥을
낫으로 끊어내고
배나무 가지도 바람이 잘 들도록 잘라주었다

그동안 배나무의 심경은 어떠했을까,
이제 막 봄이 시작하는 시점이라
나무는 더욱 날아갈 듯했겠지

말하자면
배나무에게는 하늘길을 열어주고

나는 신선처럼 어느 날
뒷문을 열어놓고
속옷 바람으로 지긋이 누워
배나무가 웃음처럼 피워 올리는

꽃들을 감상할 수 있으리라

그 나비의 날들이 어느 날
크나큰 재산으로
날아 들어올 것이다

자귀나무가 쓰러지셨다

산방에 있던 아름드리 자귀나무가
태풍에 쓰러지셨다

몇 년 전
족두리 족두리… 얹던 화관에
나를 모두 빼앗겨
함몰하던 저녁이 있었는데

또 그날 아프리카에서 온 남자와 화백과
밤늦도록 아프리카를 얘기하며
그 나무 아래서 야생을
상상하는 것만으로도 행복했었는데

어쩌자고 천둥처럼
순식간에 떠나가셨나,

나무 한 그루
건물 한 자락 다치지 않게

혼자서 족두리처럼 사뿐히
거대한 몸이 어떻게 그리 가셨나,

내가 온몸으로 무너지는 저녁이다

대룡산이 들어오다

농가를 구해
낡은 외양간을 헐고 닭장을 헐고
경계를 헐었다

마당에 오래된
주목과 감나무 구상나무 철쭉 장미가
무슨 연주처럼
집안을 조율하고

울려 넘치는 소리들이 한층 깊어졌다

새들은 아침부터 저녁까지
하늘에 무슨 꽃잎처럼
온갖 노래를 뿌려대고

경계를 헐었더니
논과 밭들이 들어와 말을 트고
먼 마을까지 들어와 흥성거렸다

게다가
먼 산맥의 능선이 출렁출렁
큰소리로 들어와
한 저녁의 불빛들이 모두 정겨웠다

평사리

여기 봄을 부르는 풍경이
온통 대서사시이고
뼈아픈 세월이
섬섬옥수 구름을 깁고 있다

매화고 산수유고
가지 끝에서 쏟아져
한 채의 꽃무늬를 장식하고 있는데
그 나뭇가지 사이로 펼쳐진 들판이
가슴을 파고 있다

사람들 설레어
새털구름으로 떠다니는 사이

이 거대한 풍경을 꺼내든 채
섬진강은 더욱 푸르러
비장한
아쟁의 한 자락 질끈 베어 물어

아프도록 눈부시다

화개장터 햇볕 바른 골목
벌써 봄 쑥에 콩가루를 듬뿍 묻힌
아낙의 쑥떡을 허기처럼
한 입 베어 무는데
천리향처럼 짙게 번지는 쑥의 향에 울컥,
지리산 자락에 들고 있다

아야진항

포구의 새벽은
등대의 안내로 찾아온다

어둠 속에서도 분주한 손길은 벌써
난로에 활활 장작을 지피고
장작불이 새벽을 비출 동안
세월에 일그러지고 검은
냄비에 찌개를 얹고는
그물을 당기어
찌든 아픔들을 털어내고 있다

고무 함지에는 어제 잡은 온갖 물고기들이
퍼져 한껏 고요로 채워지고
갈매기들도 구름처럼 모여
싱싱한 아침을 끼룩 열고 있다

부두에 옹기종기 모인 배들은
파도에 삐걱거리는 것이 일상이라고

저희들끼리 껴안고 위로하는데

파도로 닳고 닳은 밧줄의 손들이
그물을 꿰매며
바다로 나가자고
만선을 꿈꾸는 것이 한 생이라고
흥얼흥얼 노래로 달래고

그래도 아침은 또다시
등대를 지나
장작불처럼 뜨겁게 설레어 오고 있다

아침놀

밤새 어두운 하늘 끝에서 날아온
새 떼들이
부리마다 별들을 물고 오네

새들의 부리는
한없이 눈부시고

갈대들의 춤이 멈추지 않는
강나루에 와서
금실을 풀고 있네

강물에서 어부들이 힘겹게
물고기를 건져 올리는 동안
그물로 올라오는 젖은 하루여,

그대에게 들어가
어둠을 바느질하고 있네

바람에 흔들리며
바느질하고 있네

만리포

사랑을 찾아 여기까지 왔어요

뭐, 발이 부르터도
만 리를 못가겠어요

청춘을 다 놓치고
이제야 다다랐어요

썰물 때라
드넓은 모래밭과 파도 자락이
와락 가슴에 안겨 와요

사랑 노래 흥겨운 소라 귀에
파도는 여전히
청춘처럼 찰랑거리고

게국지로 늦은 점심 시켜놓고
가슴으로 들이치는 봄 바다 향기에
늦게라도 함빡 빠져들었어요

제 **3** 부

허를 찔리다

문간

한겨울
광주에서 먼저 온 원로 시인이

용산역 뒷골목
연탄불 피우는
허름한 돼지생고기집에서

춘천에서 늦게 오는 원로 시인을 기다리느라
세찬 바람이 밀려오는 문간에서 서성이면서
미소 번져가는 얼굴로
곱은 손을 문지르고는
오래도록 공손히 서 있다

사람과 시를 모두
귀히 여기는
저녁이다

흰 물새들

그해
흰 물새들 수백,
바다로 떠나 돌아오지 않던 날

나는 지구의 맨 끝
철원평야를 눈물로 헤매었다

바다 같은 울음으로
도피안사倒彼岸寺를 찾아 들었는데

피안에 다다랐다는 그곳,
피안은 어디인가

몇 아름드리 느티나무와
철제의 불상도
씻은 듯이 말이 없고

그 흰 물새들의

영혼의 속삭임

나의 멀고 먼
눈물의 수평선…

선림원지禪林院址에 가서

양양 남대천 지나 서림 지나 바람골 지나

이 여름 초록의 후광을 입은
미천골,
마음처럼 깊고 깊다는
골짜기로 찾아드네

천 년도 전에
설악의 골짜기에
먼 신라의 등불을 켜고 싶었을
꽃 같은 간절함만 남고
헛헛한 마음처럼 절간도 금당도 떠나갔네

폐사지로 남은
비단의 시절

나도 세월을 벗어
석등에 불을 켜고

선림원禪林院에 드나니

먼 공중에서 쏟아지는 매미 소리의
푸른 살결

오, 곱고 고와라

말 없는 천년의 절터가 또다시
나를 끌어들여 멀고 먼
생각의 탑을 쌓고 있네

옥수수

햇볕이 재잘거리는 봄날
호미로 땅을 파고
옥수수 씨앗을 두엇씩 어둠 속으로 넣을 때
씨알은 그 어두움 속에서 얼마나 외로웠겠는가

며칠을 씨앗에 대해
호기심으로 궁금할 때
그 외로움을 뚫고 푸른 날개를 달고
지상으로 쏘옥 고개를 내미는 것 아닌가

이 날아갈 듯한 환호작약이란,

여름으로 가는 길은
한시도 쉬지 않고 골똘한 것인데

어느덧
키보다 훨씬 웃자란 도포 자락이
바람에 펄럭일 때면

마치 거인의 장검처럼 부스럭거리는 소리가
별이 쏟아지는 밤에 가히 일품인 것이다

하늘에 수많은 별을 박듯
여름밤에 옥수수 알을 알알이 박아 넣을 때
어느 하나
아련하지 않은 것 어디 있겠는가

바람이 서늘히 내려오는 밤
양푼에 옥수수를 쪄서 둘러앉아
두런두런 사는 얘기로 베어 물면
어느덧 성큼 다가온 풀벌레 소리와 함께

멀리 떠나간 완행열차의
눈부신 불빛들이
이슬에 젖은 채
밤늦도록
이야기꽃 속으로 걸어오는 것이다

목련꽃 병동

병동 창밖에는
목련 가지 끝마다
마법처럼 알전구들 마구 꺼내놓고

심장 혈관을 뚫고 누우니
무심의 유리창 너머로는
먼 산맥의 물결과
나뭇가지 하나하나 찬란한데

옆방 중환자실에선
오십 대 농부가 수억 사기를 맞고
막걸리에 농약을 마시고 누워
생사를 달리고 있다

이 눈부신 날에도
꽃잎의 그늘은 밤이 되고

병동은 밤새도록
꽃잎처럼 서러웠다

능소화

저 휘황한 꽃송이들이 앞다투어
하늘로 오르고 있다

마른 나무를 타고 오르는
끝없는 빛의 잔치

날개가 없어도 기필코
공중으로 기어오르는 저 뜨거움

오늘을 울지 말라

너의 하늘이 있으니

찬란한 불꽃들
마디마디 폭죽처럼 터질 것이니

겨울 숲에 와서

간밤에 밤새 폭설이 내려
아침은 장엄한 한 폭의 음악이다

눈송이들은
저 무한천공에서
친히 내려와
말 무덤까지 공평하게 덮어주었다

나는 천천히
눈 속에서 반짝거리는 새소리를
귀에 담으며
마을 길을 돌아 숲으로 향했다

발자국은 한 잎 한 잎
그림자처럼 따라와
개울물 소리를 내며 빛났고

이 단단한 겨울과

얼음 속에서도
숲은 거울처럼 내면을 비추고 있다

나 또한 이 숲속에서
누군가의 빛나는 음성을 오래도록
귀 기울여 듣는 중이다

김영갑 미술관[*]

그곳은 또 하나
남은
그의 빈자리,
오름의 흑백 그림자이고
적막의 사진

말의 갈기처럼
한 올 한 올
그의 영혼이
사진을 통해 오는 호흡

하루하루의 삶들을 차곡차곡
하나도 빠짐없이 모아둔
서랍의 기억

그 진실한
살과 뼈를 모아
겨울 햇빛이 쏟아지고

한 줌 수선화 꽃이
재잘거리며

한 생을 건너오고 있다

* 제주에 있음

다랑쉬오름*

오름의 분화구는
180만 년 전처럼 넓고 깊다

오랜 시간은
고스란히 무슨 사발처럼
마치 그 그리움을 간직하듯
반듯하다

맑고 달빛 좋은 날은
여인처럼
윤곽이 또렷하겠다

오름 아래
소박한 마을이 있었다는데
그 마을도 박꽃처럼
뼈아프게 사라지고

거기 기억처럼

귀하고 귀하다는 소사나무 군락이

촘촘히 문을 열고 있다

* 제주에 있음

결연한 매미

숲으로 향하는 뒤란을 걷다가 우연히
뽕잎 뒷면에
매미들이 겉옷을 벗어놓고
어디론가 홀연히 사라진 것을 보았다

어찌 보면 갑옷 같기도 한데
거기에는 알 수 없는 어떤
결기가 서려 있는 것이다

목숨을 걸고
전장으로 떠난 듯한 어떤 결기,

그 매미들이 지하에서 수치도 모르고
십수 년을 수련했다는 소문도 들리는데,

아무튼 그 매미들이
심연의 초목 사이
천지간의 여백 사이에서

온몸을 쥐어짜며 전율하는 저 울음이
그대에게 사랑으로
어찌 아니 스며들 수 있겠는가

천지간,
저 노을 같은 울음이 번져
그대에게 더더욱

칠면조의 가을

칠면조는 인디언 가족처럼
이 마을에선 드문 일이다

친구는 칠면조 당나귀 토끼 등을 길렀는데
자주 희귀한 칠면조 울음소리가
마치 인디언의 외마디소리처럼
골짜기에 짧은 음으로 번지곤 했다

늦가을이 마을에도 들어올 무렵
나는 칠면조 두 마리를 받아
마을 농부들에게 편지처럼 공손히 보냈다

힘겨운 가을걷이도 마무리되는 터라
비닐하우스 안에서 숯불을 피우고
소주를 돌렸다

숯불은 칠면조 깃털처럼 빛났고
농부의 손은 산마 뿌리처럼 얽은 채

사계절 힘들다는 표정을 넣지 않았다

오후 내내
가을 산에서 내려오는 단풍 빛깔이
칠면조 색깔처럼 뒤바뀌곤 했고
먼먼 골짜기마다
칠면조의 울음들이 짧고
툭툭 끊어지는 듯 들어차고 있었다

북산집

이름으로도 그을음이 묻어나고
귀신같은 바람이
스산하게 만져진다

잎사귀 같던 시집살이도 물이 들어차 걷어내고
사람 때를 기다려 장이 서는 풍물시장에
주막을 걸어놓고
북산의 서러움과 세월이 눈에 밟혀
마음 환한 달처럼 이름 내걸었으리

그 이름 하나로
겨울 사내들 들어차
막걸리 흘리며 옛날로 들어가 비틀거리는데
여인도 북산에 누를 끼칠까
값싸고 푸짐한 인심 내놓았으니

그 세월의 복개도 오늘이 마지막
꽃나무를 헐어내 봄이 가듯

북산의 그늘 아래
또다시 시냇물의 속살 거기 재잘거리겠다

마의태자를 따라가다

상남에서 그가 불러
천 년 전의 가을로 나는 가네

골짜기 골짜기마다 별들은 쏟아지고
탄성은 가슴 깊은 곳마다 쏟아져
다시 별밭을 이루네

그 아팠던 마디마다
붉어져
이 가을
사랑 아닌 것 어디 있겠는가

그 숨결이
날것으로 와
더욱 숨 가쁘고

나물을 무치고
농주를 빚던

그대 손 마디마디 슬퍼져
나 밤새도록 별들과 손을 잡고
내설악으로 들어가네

에르덴조 사원에서 마니차를 읽다

에르덴조는 그 옛날 보석이라는 말,
지금은 예불 시간
옛날의 그 불씨로
암송을 시작하고 있다

옛 유적 속에
영화는 바람에 날아가고
다시 바람이 불어
이제는 한껏 풀을 쓰다듬고 있다

불당 주위에는 마니차를 달아
손으로 돌리고 가면 자연히
경전을 읽는다는,

나도 마니차를 돌리며
나를 읽고 있다

까마귀도 검은 경전 두르고

하늘의 경을 읽는 사이

나 오늘 하늘 사원에 들어
에르덴조의 하늘을 두드리고 있다

*마니차 : 불교 경전을 넣은 경통

낙타를 타고 소금 바다를 건너다

낙타야,
너와 나
비단을 싣고

몽골 사막을 건너
이스탄불로 향하자

한 달이 걸리든
일 년이 걸리든

제일 느린 세월을 타고,

거기 이스탄불
꽃 같은 여인에게
평생 애써 짠
비단을 공손히 걸쳐주고는

오는 길

우리 다시
소금 자루 등에 지고
저 광활한 사막을 건너오자

외로움이 까마득한
별들의 밭을 걸어도
얼마나 즐거우랴

별들이 자욱하여
다시 올 수 없는 그 세월로
너와 나 흥에 겨워 돌아가도
얼마나 즐거우랴

칸의 고장에서 흑마를 만나다

칸의 고장에서 하룻밤을 묵는데
새벽에 비가 추적추적 게르 지붕에 내려
꿈결 같았고
오줌을 참을 수가 없어
게르 문을 열고 나가려는데
문 앞에 흑마 한 마리가
빗속에서 풀을 뜯으며
기다리고 있는 것이 아닌가

나는 깜짝 놀라
혹시 잘못 본 것이 아닌가,
게르의 천막이 춤을 춘 것이 아닌가,
눈을 씻고 다시 보아도
아직 미명이 섞인
분명한 흑마였고
갈 길이 먼 지
계속 비에 젖은 풀을 서걱거리며
간혹 빗방울의 갈기를 털어내고 있었다

어둠이 묻어있는 나는
오줌 누려는 것도 잠시 잊은 채
게르에 들어와 곰곰이 생각에 잠기다
혹시나 해서 다시 문을 열어보니
여전히 빗속에서 젖은 풀을 뜯으며
툭툭 돌을 걷어차기까지 하는 것이 아닌가,
이제는 가야 할 때라고
대초원을 달려야 할 때라고
분명한 어떤 암시를 주고 있는 듯했다

나는 비가 쏟아지는 것도 잊은 채
가슴이 마구 뛰었고
아직 동이 트기도 전,
다른 사람들이
빗속에서 깊은 잠에 빠져 있는 사이,
빗소리의 리듬이 두드리는 동안
말 등에 올려놓을 여명의 장비를
두루 찾고 있었다

허를 찔리다

소곡주素麴酒는 충남 서천에
모시, 김과 더불어
예부터 유명한 술이다

이 술은 일명 앉은뱅이 술이라고도 하여
약간 달달하기도 하고
입에 아주 순한 편인데
마시다가 일어나지 못한 사람이
하나둘이 아니란다

아무튼 서천에서 문학행사도 끝나고
느긋하게 안주 없는 소곡小谷에까지 다다랐는데
아리송한 소곡小曲의 방심을 틈타
대취大醉하고는

새벽에 책장을 문으로 착각하거나
남의 외투를 걸치고 야반도주를 계획한 사실로
연례행사를 톡톡히 치렀으니

설마에 단단히 허를 찔렸다

제 4 부

사랑의 중력

애월涯月

나, 평생
진흙소를 타고
여기 도착하네

온천지 참새 혀 같은 새순 내밀고
바다 절벽으로 난 외길이
밤새 달빛에 찰랑이네

바다 수만 평에 피어 흔들리는 유채꽃들
한 생애의 벼랑에서 꺾어 들던 달빛 한 다발
이제 그대에게 들고 가네

숭숭 뚫린 가슴으로
검고 검은 저 바위로

봄밤

소쩍새가 밤새도록 달빛에 젖어
애절한 울음을 쏟고 가는 밤입니다

모란이 그 울음을 모아
마침내 꽃의 문을 활짝 열었습니다

아이들이 나주에서 배꽃처럼 올라오고
논에는 물이 들어 무슨 명상처럼
하늘을 비추고 있습니다

겨우내 악기처럼 걸려있던 농기구도 이제
발걸음 소리조차 하나하나 섬세해졌습니다

나도 농가를 돌아 마음을 다잡고
물소리처럼
먼 길 떠날 채비를 서둘렀습니다

주름꽃

행복을 찾다 찾다
산골로 나는 가네

손에는 검은 비닐봉다리 봉다리
꽁치 오징어 동태 초코파이가 춤을 추고

시내버스 안에서도
봉다리 속에서는 밖을 기웃거리며 나오고 싶어
냄새를 풍기네

마을회관에는
파꽃같이 늙어버린
인생 몇 계셔

봉다리 봉다리가
할머니들 주름을 꽃피우네

머리 위엔 뭉게구름 몇 송이
한 생애처럼
잠시 왔다 멀어져 가네

사랑의 중력

마당 앞에
살구나무 한 그루 있는데
한 아름이 넘는 둘레에
겉은 불에 탄 듯 검고
옹이 자국에는 구멍이 숭숭 뚫린 채

이른 봄 가지마다
분 냄새 나는 꽃들을
감탄사처럼 내다 거는 것이다

그 꽃들 쓸쓸히 보내고
풋살구 아래 보낸 청춘도
익어갔던가

하지에 다다르자
주먹만 한 살구도 먹음직스럽게 익혀
어느 날
높은 가지에서 제 몸을 던져

땅바닥에 곤두박질하는 것이 아닌가

친절히 내려오는 중력을,

오늘 잡화트럭 장수가
지나가던 길 주섬주섬
뒹구는 그 사랑을 줍고 있는 것이다

겨울 시인

폭설 저 너머
홍천 하고도 심심산골 내면,

저녁에 그를 만나기로 했는데
차가 퍼져
도착하지 못했다고 했다

보고 싶다 문자를 넣었더니

가마를 고쳤더니 저녁부터
눈이 퍼붓고

땟거리도 없는데 눈구뎅이라도
빠지면서 칡이라도 캘까 봐요, 라고
문자가 넘어왔다

가슴이 얼어붙는
시인의 입,
겨울 거미줄

첫눈

주옥같은 시구의 첫 행같이

이 먼 지상의 마을에
잊지 않고 종소리들 내려오다

추운 그대에게 옷 한 벌 기우려고
하늘에서 내려온 은빛의 실밥들

적막 위에 다시
고요를 얹고

억새꽃 머리 위에도 잊지 않고
살포시 얹는
저 손길

첫 입술처럼
이 산간 오지마을에도
그대,
애인처럼 친히 찾아오시다

허수아비

콩밭 육백 평에
허수아비 네 분이
알맞은 간격을 두고 나타나셨다

비둘기로부터 콩밭을 지켜달라고
준엄한 칙령을 받고
웃옷과 모자만 걸치고,
헌 옷들이지만 겨울옷으로 모양새를 갖추려 했으나
사실 이건 비둘기를 조롱하는 수준에 가까운 것

하기야 한여름 비둘기가
겨울옷 한번 입어본 적 없을 테니,

하지만 이 또한
비둘기에게 콩밭을 알려주려 한 것인지
오는 비둘기를 쫓으려 한 것인지는
전혀 알려진 것이 없는 노릇인지라,

왜냐하면 허수아비가 손을 내저어 소리를 질렀다든가
인상을 한 번이라도 찡그렸다는 기록이 없으니,

아무튼 그래도 허수아비는 이 마을의 명물,
서로 말을 주고받지 않았어도
주인도 왜 이 해학을 몰랐을까만
이 찌는 더위 속에 비둘기에게도
웃다가
조금은 일찍 돌아가 달라는 주문 아니겠는가

큰 선생

죽음보다 더 큰
선생이 어디 있으랴

낙엽이 별처럼 쏟아지는 이 가을
그녀를 조용히 땅에 묻고

산울타리로 둘러친 굴참나무 숲에서
거센 바람으로 날아오르는 까마귀 떼들의
빛나는 생의 날갯짓이 눈부시다

아직 과일에 얹히는 햇빛이
너를 비추고

너의 날개가
한 생을 오래도록
받치고 있다

새를 묻다

새벽에 딱새 한 마리
유리창에 부딪혀 떨어져 죽었다

땅에 떨어진 불의 노래

부드러운 깃털을 볼에 대보고는
장미 나무 아래 묻었다

이슬이 반짝였으나
바람에도 슬픔이 일었다

언젠가 장미가
그 가시 같은 붉은 울음 터트리며
우레의 노래로
서쪽 하늘을 온통
꽃잎으로 치장할 날이 올 것이다

봄비

빗줄기가 한밤중 내내
잃어버린 첫사랑처럼 지붕을 두들겼다
빗줄기는 그렇게 친절히
먼 산골짜기까지 찾아와
생쥐 이빨처럼 지붕을 악착같이 갉아댔고
풀들은 좋아라, 하고 파랗게 날뛰었다

그제 심은 채마 씨앗들은
귀를 쫑긋 세운 채
설렌 가슴을 빼꼼히 열어보는데

처마에 걸린 농기구들도
내심 음계를 맞추며
악다구니 같은 잡초의 키를
넌지시 재어보고 있다

어느 한 곳 빠트리지 않고
빗줄기가 공평하게 적셔주고

나도 그 숨결
한 쪽 한 쪽
젖은 채로 읽어가는 밤이다

흥남 생선구이집

속초 아바이마을 부둣가에
흥남 생선구이집이 있는데
북쪽 고향 흥남이 그리워
흥남을 버리지 못하고 낡은 채
간판에 대못처럼 새기고 있다

청초호 앞마당 같은 바다가
그 흥남부두와도 맞닿아
하루도 잊지 못하는데

화분에는
물망초를 심어놓고
잊지 못한다고 한 것이
육십 년을 훌쩍 넘어
호호백발이 되어서도
같은 바다에서 꺼낸 생선으로
구이를 하고 있다

흥남,

흥남,

콧소리만 내어도

가슴이 무너지는

저 저녁놀 언덕

등나무 아래

두 노파 공원에서 긴 나무의자에 앉아

두런두런 둥근 실뭉치를 풀어내듯

시어머니 시아버지 사돈 반찬 딸 아들 이웃집…

이야기들이 무슨 등나무 넝쿨처럼

끝도 없이

오후가 닳아 없어지도록 풀어내고 있다

한 생의 실뭉치,

아프고 길기도 하겠다

그 질긴 세월을 잊을 수도 없으니,

바람은 수시로 와서는

답답했을 옷매무새를 흔들어대고는 가고

개울물처럼 시간 가는 줄 모르게,

쏟아내는 말들이

꽃도 없이

허공에서 순식간에 사라졌다

장미

길고 긴 가뭄 끝에
어제 잠시
폭우가 세차게 쏟아지더니
장미가 꽃잎을 몽땅
땅 위에 쏟아냈다

가시보다 더 아팠던 날들이
쏟아지던 붉은 울음

땅이 노을처럼 붉다

오, 한 세월의 무늬

붉은 나의 심장

꽃의 시간, 저 너머의 세계
─ 조성림의 시 세계

박 해 림

(시인 · 문학박사)

꽃의 시간, 저 너머의 세계
— 조성림의 시 세계

박 해 림
(시인 · 문학박사)

조성림 시인의 시 세계는 자연에 대한 경건함과 생명력, 그 생명력을 끊임없이 추구, 확장하는 데 있다. 시적 인식이 자연 친화적이라는 점도 그렇지만 누구나 공감할 수 있는 보편적 정서로 대상을 표출해낸다는 특징을 갖는다. 그가 형상화한 대상은 시인의 의식 깊이 내재한 세계를 잠깐 보였다가 숨어버린다. 이때 기억은 대상을 끌어오는 동력일 뿐 미분화된 공간과 시간은 시인의 의식 전반에 걸쳐 다양하게 변주된다.

'때로 꿈은 무한한 과거, 날짜들을 집어치워 버린 과거 속으로 너무나 깊이 내려가서, 우리가 태어난 집의 뚜렷한 추억들이 우리로부터 떨어져 나가는 것 같다. 이런 꿈들은 우리들의 몽상을 놀라게 한다. 우리는 우리가 살았던 곳에 정녕 살았는지를 의심하기까지에 이른다. 우리의 과거는 어느 다른 곳에 있고, 어떤 비현실성이 장소들과 시간에 스며든다. 우리는 마치 존재의 연옥, 즉 추억을 넘어서는 세계 밖의 세계, 이미지들의 저편을 가리키고 있다' 는 바슐라르의 섬세함에서 조성림 시인의 시적 인식의 정서를 만날 수 있다. 시인의 의식이 매우 또렷해서 하나 허투루 않은 인식의 명료함과 다음 순간 막무가내로 엎어지고 무너지고 기대고자 하는 유년의 모습 또한 만날 수 있다. 실제와 몽상의 이항대립이 현재와 저 너머의 세계를 넘나들며 시인이 추구하는 세계로 진입한다.

1.

그가 즐겨 다루는 소재는 특별한 곳에서 가져오지 않는다. 일상세계에서 자주 대면하는 것이거나 여행, 만남, 자연의 순환에서 구한다. 이 시집에서 매우 특징적이라 할 수 있는 것은 하나 의도적이지 않다는 것이다. 순연한 직관과 내면의 시간, 기억 저쪽의 공간이 유기적으로 작동하면서 구체적 상황을 형상화한다. 특히 대상에 대한 예의라 할 수 있는 조심스러운 접근

이 포착되기도 한다. 꽃, 새, 나무, 계절, 채소, 상황 등 섣불리 다가가지 않고, 멀리 떨어지지도 않으면서 순간 꼭 끌어안거나 직시하거나 좌면우고 한다. 등을 보일 때마저 시인의 마음이 만져지거나 느껴진다. 어떤 불순함 없이 대상과 나의 '일대일'의 관계가 성립한다는 것은 시인이 먼저 '마음'을 열어 보이기 때문이다. 아래의 시는 그것을 잘 보여준다.

내가 소멸해야

그 향기 온통
너를 둘러쌀 것이니

꽃나무 같은 후광이
무진장

너에게 닿아 빛날 것이다

— 「비누」 전문

가끔 가슴을 만져보면
나는 그늘이 많고

서늘하고 습습하다

아무튼 바다처럼
그 기원이 어디서 왔는지
도통 알 수가 없으나

그늘이 많다는 것은
어느 저쪽
햇빛 찬란하고 또한
나뭇잎 무성하다는 뜻인데

그늘로 인해
너에게 수많은 신록이
들어가 살았으면 하고
여름 내내 조아렸다

나에게 그늘 한 벌
저녁 창문인 듯 들어와 오히려
눈부셨다

— 「그늘의 기원」 전문

비누가 갖는 속성은 '소멸'이다. 하지만 시인은 그것을 '향

기'로 보았다. '소멸'이라는 과정이 있어야만 가능한 '향기'
와 '후광'에 주목했다. 짧은 한 편의 시에서 강렬한 후광을 이
끌어낸 시인은 마음 가득 고여 있는 생명의식에의 충일에 다름
아니다. 마음은 모든 것을 바꿀 수 있거나 변화할 수 있게 하는
공간이다. 이쪽과 저쪽의 공간을 넘나들거나 바꿀 수 있다. 단,
내가 원하는 세계로의 진입이 필요할 때만이다. '가끔 가슴을
만져보면/ 나는 그늘이 많고/ 서늘하고 습습하다'라고 시작하
는 「그늘의 기원」은 시인의 '마음'이 가장 많이 만져지는 시이
다. 지나간 시간에 대한 회한은 대체로 머리보다 가슴에 쌓이기
마련이다. 그 그늘은 '바다'처럼 기원을 알 수가 없다. 기원을
알 수 없는 것들은 이 세상에 쌓였을 것이나, 시인은 마음에 들
어찬 그늘을 한번 흔들어보고 싶다. '그늘이 많다는 것은/ 어
느 저쪽/ 햇빛 찬란하고 또한/ 나뭇잎 무성하다는 뜻'임을 스
스로에게 일깨우고 싶은 것이다. 그리하여 '그늘 한 벌'은 내
마음에 눈부신 신록으로 오래 자리 잡을 수 있음을 알게 한다.

어머니는 어릴 적 나를 빚을 때

먼 길 떠난다고

눈물샘 가득

마르지 않을

바다를 넣어주었다

멀고 푸른 수평선

일생의 사막을 걸어가면서
슬프고도 슬픈 언덕이 파도칠 거라고,

그때마다
아끼지 말고
파도의 손수건을 꺼내
닦으라고,

별을 닦는 심정으로
저 어둠 닦으라고,

거기 가난한 밤의 얼굴들이
여명이 되고
샛별처럼 빛날 거라고,

눈물샘 깊숙이 출렁이던
깊고 푸른 소매

―「눈물」 전문

눈물과 웃음은 늘 붙어 다닌다. 서로 기대고 산다. 양면의 동전이다. 생명의 본향인 어머니는 세상을 살아갈 때 꼭 필요한 소금처럼 눈물샘도 웃음도 주셨다. 이유는 살아가면서 하나씩 알게 될 것이다. 세상은 툭하면 눈물을 요구하기에 '눈물샘 가득/ 마르지 않을 바다'를 주셨을 것이다. '멀고 푸른 수평선'은 늘 내 마음 한가운데 걸려있고 걸어가면서 만나게 될 '슬프고도 슬픈 언덕이 파도' 치게 되면 유용하게 사용할 수 있게 해 주셨다. 목격한 것은 아니지만 마음으로 알 수 있는 '눈물'의 근원과 생성을 알았다. '별을 닦는 심정으로/ 저 어둠 닦으라고' 그러면 '여명이 되고/ 샛별처럼 빛날 거라'는 믿음을 가졌다. '그해/ 흰 물새들 수백, 바다로 떠나 돌아오지 않던 날// 나는 지구의 맨 끝/ 철원평야를 눈물로 헤매었다// 바다 같은 울음으로/ 도피안사倒彼岸寺를 찾아 들었는데…나의 멀고 먼/ 눈물의 수평선…' (「흰 물새들」)에서 시인은 철원평야를 눈물로 헤매었음을 고백한다. 진작 수없이 많은 눈물을 흘릴 것을 알고 '바다'를 눈물샘으로 넣어주신 어머니의 선견지명을 보여준다.

　그 어머니 역시 그러한 여정을 건너왔으며 세상의 많은 어머니도 그러했을 것이다. '어머니 평생 밭일과/ 노동만 하시다 가신지 어언 이십여 년/ 살은 가고/ 뼈 같은 호미만 덩그러니 벽에 걸려있네…닳고 닳은 호미 날에/파랗게 묻어나는 서러움들…구름처럼/ 김을 매던 풀밭을/ 오늘 내가 서럽게 가고 있네'(「호미」)에서 '바다 같은 눈물'의 시간은 삶의 마디에서 툭툭 불거진다. '겨울에도 여인들은 굽히지 않고/바다사자처럼 젖은 채로/ 바다로 나아갔다// …바다의 모든 것들이 젖은 채/ 눈물처럼 반짝이며 올라왔다'(「겨울해녀」)에서도 눈물은 반짝인다. 시인에겐 눈물이 끝도 없는 생의 든든한 여정이 된다. 어느 날엔가는 눈물의 뒷면에 반짝 빛나는 웃음을 발견하게 될 것이다.

2.

　조성림 시인의 시선은 늘 어딘가로 향해 있다. 대상을 바라보는 것과 대상이 다가오는 것의 중간쯤 아니면 어느 한쪽에 머물러 한참 서 있다. 속삭이는 것 같기도 하고 웅얼거리는 것 같기도 한, 멀 걸기가 시작된다. 다음 순간 속도를 내기 시작한다. '툭' 하고 터져 나오는 언어는 '꽃'이 된다. 꽃은 이제 '나'를 벗어나서 '너'를 향한 '꽃'은 생명을 가졌다. 세상을 눈부시게 꽃피운 생명에 대한 경외이면서 연민이다. 시인의 내적 세계에 충만한 사랑의 다른 표현이다. 누구의, 무엇의 의미가 되고 의미화된다는 것은 찬탄보다 연민이라고 시인은 감각한다. 시적 언어의 다양한 구현은 대상을 어떻게 바라보느냐에 따라 인식의 주체에서 객체가 되기도 한다. 아래의 시는 그것을 잘 보여준다.

병동 창밖에는
목련 가지 끝마다
마법처럼 알전구들 마구 꺼내놓고

심장 혈관을 뚫고 누우니
무심의 유리창 너머로는
먼 산맥의 물결과
나뭇가지 하나하나 찬란한데

옆방 중환자실에선
오십 대 농부가 수억 사기를 맞고
막걸리에 농약을 마시고 누워
생사를 달리고 있다

이 눈부신 날에도
꽃잎의 그늘은 밤이 되고

병동은 밤새도록
꽃잎처럼 서러웠다

—「목련꽃 병동」 전문

대상과 나 사이에서 발화된 연민은 '목련꽃 병동'에 닿았다.

봄날, 시인은 목련꽃이 주는 눈 아린 화사함과 순백의, 눈부신 발광을 차마 받지 못한다. '심장 혈관을 뚫고' 누워서 마주한 또 다른 중환자실의 '오십 대 농부'를 보았다. '나'는 살자고 병원을 찾았으나 상대는 죽자고 약을 먹었다. 그 가운데 목련 꽃은 차마 눈을 뜨고 마주할 수 없는 미증유의 세계가 되었다. 그 눈부심에 차마 닿을 수 없으니 연민이 대신 그 자리에 든다. 잠 못 드는 '병동은 밤새도록/ 꽃잎처럼 서러' 울 수밖에 없다. 가까이 다가가고자 하나 더 멀어지는 생과 죽음의 이중적 공간 을 시인은 무연히 바라보고 있다.

'옆 환자는 이십년 넘게 잠을 못자/정신과 약을 복용한다는 데// 화목보일러 장작을 전기톱으로 자르다/ 잠깐 한눈을 파는 사이/ 네 손가락이 달아나서…삶을 봉합해야 하는/ 아찔한 봄 날'(「봉합」) 역시 이중적 공간을 가져온다. 마지막 연의 '이제 막 피어난 꽃들은/ 아이들같이 재잘거리며/ 창가에 부서져 눈 부셨다'(「봉합」)이 가져온 연민은 봄날 이미지의 차용으로 더 욱 처연하게 한다.

여인이 뒤뚱뒤뚱 오리걸음으로
오이 한 아름을
돈도 안 받고 굳이 그냥 가져가라 한다

남편은 무엇이 그리 급한지
수년 전 머나먼 별로 떠나고

자신도 몇 년 전
남의 집 비닐하우스에
씨앗 심으러 가다가 얼음에 미끄러져
두 다리 골절되고

혼자서
길고 긴 비닐하우스에
오이를 심어 애지중지 가꾸더니

어느덧 오이도 낭창낭창 새순을 내고
잎을 내더니
등불 같은 꽃들이 웃고 있다

마디마다 웃는 꽃들이 오늘
솟구치는 땀방울 사이로
주렁주렁 가시오이를 매달고 있다

—「오이꽃 여인」 전문

대상의 존재는 소멸을 향해 가고 있는 '노인'이다. 한때 활짝 피었던 '꽃'의 시절을 관통했던 존재이다. 첫 연 현재적 상황의 두 번째에서 다섯 번째 연에 이르기까지 '노인'의 지난한 삶의 여정을 설정하고 스스로 '오이꽃'의 존재를 드러내는 방식을 차용했다. 남편을 떠나보내고 얼음에 미끄러져 두 다리는 골절되고 혼자가 되어 비닐하우스에서 오이를 심어 애지중지 키운다는 등의 노인의 일대기는 하나 낯설지 않은 이웃집의, 고령화 시대에 접어든 농촌의 평범한 일상이 된 단면이다. 생의 황혼기에 접어든 곤궁한 노년은 이 시대의 대표적 표상으로 오버랩된다.

하지만 시인이 보여주고자 하는 것은 정작 다른 세계다. '어느덧 오이도 낭창낭창 새순을 내고 잎을 내더니/ 등불 같은 꽃들이 웃고 있'음을 찬찬히 보여주고 싶은 것이다. 연민의 시선을 따라가다 만난 노인의 상황. 환한 오이꽃이 되어버린 노인의 현재적 상황은 '꽃'의 시간 '등불 같은 꽃들' 시간으로 인식된다. 탱탱한 이미지로 희망의 메시지가 되고 동심원을 그리며 역동성을 획득하면서 농사짓고 살아가는 단순한 일상의 단면은 활기찬 노동의 현장으로 변환하고 있다. '평생 밭일과 노동만 하신 어머니'의 모습과 이 시대의 수많은 어머니에 오버랩되었을 것이다. 그 삶은 비록 고단하고 힘들었을 것이나 삶의 저 너머에 이르는 여정이 결코, 힘들지만 않은 것임을 보여주고 싶은 것이다. 꽃의 세계는 이제 '행복을 찾다 찾다/ 산골로 나는 가네// …마을회관에는/ 파꽃같이 늙어버린/ 인생 몇 계셔//

봉다리 봉다리가/ 할머니 주름을 꽃피우네// 머리 위엔 뭉게구
름 몇 송이 한 생애처럼/ 잠시 왔다 멀어져 가네'(「주름꽃」부
분)에서처럼 '꽃'은 이제 노동의 삶의 중심뿐만 아니라, 일생을
관통한 세계, 사유의 중심으로 옮겨 온다.

     저 휘황한 꽃송이들이 앞다투어
     하늘로 오르고 있다

     마른 나무를 타고 오르는
     끝없는 빛의 잔치

     날개가 없어도 기필코
     공중으로 기어오르는 저 뜨거움

     오늘을 울지 말라

     너의 하늘이 있으니

     찬란한 불꽃들
     마디마디 폭죽처럼 터질 것이니

     —「능소화」 전문

길고 긴 가뭄 끝에

어제 잠시

폭우가 세차게 쏟아지더니

장미가 꽃잎을 몽땅

땅 위에 쏟아냈다

가시보다 더 아팠던 날들이

쏟아지던 붉은 울음

땅이 노을처럼 붉다

오, 한 세월의 무늬

붉은 나의 심장

—「장미」 전문

　여름이면 수없이 많은 꽃송이를 낭창낭창 흐드러지게 피워내
는 '능소화'는 동백꽃처럼 질 때는 바닥에 꽃송이만 뚝뚝 떨어
져 내린다. 생전의 삶에는 아무 미련 없다는 듯 뒤도 돌아보지
않고 뛰어내린다. 유연함과 당차고 매몰진 두 모습으로 여성성
을 단적으로 드러내 보이기도 한다. 생명의 강인함과 낙화의 처

연함이 능소화가 가진 매력이기도 하지만 꽃의 뒷면에 표상된 생과 죽음의 극렬함은 상처와 회복의 순환적 질서를 끌어내고 있다. '저 휘황한 꽃송이들이 앞다투어/ 하늘로 오르고 있다… 날개가 없어도 기필코/ 공중으로 기어오르는 저 뜨거움'의 열정은 불타오르는 생의 의지이다. 생명의 극지를 보여주는 '하늘' 향한 몸짓은 가지에서 꽃망울을 터드리는 보통의 꽃과는 차별화되는 넝쿨에 있다. '마른 나무'를 타고 오르고 또 올라서, 기어이 위로 향하는 몸짓은 뜨겁다 못해 처절하기까지 하다.

시인은 꽃에서 자기희생적인 모습과 실패를 두려워하지 않는 강인한 생명력을 보았다. 주목할 부분은 '오늘을 울지 말라// 너의 하늘이 있으니'라는 위로의 말이다. 노동의 삶을 평생 살아온 이들에게 받쳐지는 순연한 꽃의 시간, 꽃의 세계이며 자기암시적인 대목이다. 일관된 세계관을 펼친 시인의 여섯 번째 시집 『붉은 가슴』에서 확인된 것이기도 하지만 섬세한 서정의 밀도는 더 공고해졌다. 활활 불타 이글거리는 주어진 생에의 '가시보다 더 아팠던 날들이/ 쏟아지던 붉은 울음'이며 '한 세월의 무늬' 즉 '붉은 나의 심장'을 통째로 제물로 바치는 것과 다름없는 공감에 있음을 본다. '새벽에 딱새 한 마리/ 유리창에 부딪혀 떨어져 죽었다// 땅에 떨어진 불의 노래// 부드러운 깃털을 볼에 대보고는/ 장미나무 아래 묻었다// 이슬이 반짝였으나/ 바람에도 슬픔이 일었다// 언젠가 장미가/ 그 가시 같은 붉은 울음 터뜨리며/ 우레의 노래로/ 서쪽 하늘을 온통/ 꽃잎으로 치장할 날이 올 것이다'(「새를 묻다」)에서도 보듯 셀 수 없는 가시를 가진 세상에서 만신창이와 피투성이가 되어서라도 기어이 꽃을 피워내어야만 하는 '꽃의 숙명'에서 강인한 생명력을 본 시인에게 주목해야 할 이유가 된다.

3.

대부분 사람은 일상의 삶이 거의 정해져 있다. 출퇴근을 반복하고 반복한 만큼의 삶이 규격화한다. 저한테 맞는 옷을 스스로 선택하여 입는다고 생각하지만, 타의에 의해 거의 맞춤형 옷을 입게 된다. 약간의 차별화가 주어지지만 큰 틀을 벗어나기 어려우니 삶의 방향은 조금 멀거나 조금 가까울 밖에 없다. 조성림 시인은 오랜 직장 생활을 통해 반복한 일상을 훌훌 벗어버리고 자연으로의 회귀를 선언한다. 순전히 자의나 타의의 혐의가 가미된 삶의 방향은 그의 시 곳곳에서 발견되는데, 아마 익숙하지 않은 시도이어서, 오래 결심은 했으되 희미해진 용기와 결의 탓일 수 있을 것이다. 아래의 시를 통해 만나본다.

이제 나도 자루처럼 헐렁해져
농가라도 하나 얻고

당나귀도 하나 구해
산골로 출출히 떠나가야지

퍽이나 삐걱거리던 세상은
그대로 잘 살게 내버려 두고

겨울에서 봄으로 넘어오는 산골은
흰 눈 속에서 잘도 걸어 나오리

밤이면 잠 속으로 뛰어들어
가슴 뛰는
소쩍새 소리와

잃어버린 것들로 가득한
먼 곳에 외따로 있어도 좋아라

새벽 광활한 청보리밭
이슬의 감각 속으로
당나귀와 함께 천천히
방울 소리 힘차게 울리며
걸어서 들어가야지

　　　　　—「이제 산골로 출출히 들어갈 때」 전문

규격화된 일상의 삶은 직장인으로서의 길들임을 뜻하며 꼭 맞는 옷처럼 운신의 폭이 거의 없음을 말한다. 의자에 앉되 편하지 않고, 서 있되 마땅히 기댈 곳이 없다. 끊임없이 움직여야 하고 들여다봐야 하고 뭔가를 써야 한다. 이뿐만 아니다. 수면의 시간에도, 휴식의 시간에도 일의 연장이 된다. 생각만이라도 잠시 떠나있고자 하나 곧 제자리로 돌아와야 한다. 그리고 반복의 연속이다. 전혀 풀어질 틈이 없다. '이제 나도 자루처럼 헐렁해져/ 농가라도 하나 얻고/ 당나귀도 하나 구해/ 산골로 출출히 떠나가야지'의 결연함으로 시작하는 이 시는 시인의 오랜 결의를 엿볼 수 있다. 아직은 미완인 채 마음만 앞서 달려가는, 현실을 벗어나고자 하는 욕망의 분출을 확인한다. 적극적인 실행은 다음의 일이겠지만 다소 냉소적인 어투 또한 숨기지 않는다. '퍽이나 삐걱거리던 세상은/ 그대로 잘 살게 내버려 두고'라며 타의의 세상과는 멀리 떨어져 '겨울에서 봄으로 넘어오는 산골은/ 흰 눈 속에서 잘도 걸어 나오리'의 자의의 선택에서 맞닥뜨리는 고난 정도야 거뜬히 받아넘길 요량임을 알리고 있다. '밤이면 잠 속으로 뛰어들어/ 가슴 뛰는/ 소쩍새 소리와// 잃어버린 것들로 가득한/ 먼 곳에 외따로 있어도 좋아라' 하며 욕망이 아니라 실현 가능한 현실을 제시하고 있다. 곧 이루어질 간절함은 '자루처럼 헐렁해져'야 가능할 것을 구체적으로 적시한다.

소나기 자욱하게 뿌리는 날,
산뽕나무 수만 귀를 열어놓고
사무치게 듣고 있네
(중략)

저 산뽕나무 잎사귀의 음계를
빗줄기가 오늘따라 하염없이
골짜기 골짜기로 밟고 가네

— 「산뽕나무 귀로 듣다」 부분

까맣게 타들어 가는 봄날
타들어 가는 것이 어디 밭뿐이겠는가

땡볕 아래 고랑을 켜고
노파 혼자
고랑에 아주 철퍼덕 주저앉아
고구마 순을
이랑에 구멍을 낸 채
검은 비닐 위에 한없이
꽂아 넣고 있다
(중략)

쏟아지는 땀방울 아래

한 생이 익어

부처처럼 환한 대낮이다

—「고구마를 심다」 부분

　위의 두 편의 시는 일상을 자의로 바꾼 후에 일어난 변화일 것이다. 소나기 내리는 날 산뽕나무를 무연히 바라보고 있는 적요의 시간, 지난 어린 시절을 떠올리며 새로운 일상을 직조하고 있다. 순전히 나의 의지가 보이는 대목이다. 산뽕나무 잎사귀의 음계를 빗줄기가 밟으며 골짜기로 가고 있는 모습을 상상하는 일은 즐겁다. 온전히 나의 선택으로 새로 배치된 자연. 시인은 이 모든 것을 눈으로 보는 것이 아니라 '사무치게' '귀'로 듣는다. 지금 이 순간, 이 시간을 얼마나 기다렸던가 하는 속내가 감지되는 부분이다. 일상은 이제 생활로 확대된다. '까맣게 타들어 가는 봄날/ 타들어 가는 것이 어디 밭뿐이겠는가' 시인은 변화된, 새로운 일상의 아픈 현실을 마주하고 있다. 가뭄으로 '고구마 순'이 검은 비닐 아래 타들어 가고 있는 것을 안타까워하고 있다. 아무리 애를 써도 중과부적인 자연재해를 경험하는 일은 고구마 순처럼 목이 타는 일이다.

농가를 구해
낡은 외양간을 헐고 닭장을 헐고
경계를 헐었다

마당에 오래된
주목과 감나무 구상나무 철쭉 장미가
무슨 연주처럼
집안을 조율하고

울려 넘치는 소리들이 한층 깊어졌다
(중략)

경계를 헐었더니
논과 밭들이 들어와 말을 트고
먼 마을까지 들어와 흥성거렸다

게다가
먼 산맥의 능선이 출렁출렁
큰소리로 들어와
한 저녁의 불빛들이 모두 정겨웠다

―「대룡산이 들어오다」 전문

눈보라는 경계를 두지 않는다

경계는 이 지상의 일,

눈송이는 어디에서나 꽃을 만들고
심지어는 눈사람까지도 만들어 갔다
(중략)

경계도 없이
너와 나,
온통 하나가 되는 꽃잎들

                    —「경계」 전문

　　일상으로 돌아온 시인은 나만의 '농가'에 들었다. 새로운 주
거지로 '낡은 외양간을 헐고 닭장을 헐고/ 경계' 마저 헐었다.
마당 가득 주목과 구상나무 철쭉과 장미가 음악이 되어 '집안
을 조율' 하고 있다는 시인의 능청을 기꺼이 받아들여야 할 대
목이다. 많은 시간을 보내고 또 더 많은 시간을 기다리고 인내
하면서 획득한 '나의 시간' 은 '대룡산' 을 집안에 끌어들이면
서 구체화한다. 대룡산을 중심으로 이전의 시간과 지금의 시간,
그리고 이후의 시간을 읽어낼 수 있다. '경계를 헐었더니/ 논과

밭들이 들어와 말을 트고/ 먼 마을까지 들어와 흥성거'리는 시간을 나의 소유로 둘 수 있다는 기쁨과 희열은 '먼 산맥의 능선이 출렁출렁/ 큰소리로 들어와/ 한 저녁의 불빛들이 모두 정겨웠다'는 변화의 일상을 이루고 있다.

　이제 새로운 시간을 향해 문을 열어젖힌다. 본격적인 경계 허물기다. 이전의 시간과 나, 지금의 시간과 나의 합일이다. 미래의 나를 위한 시간이다. '눈보라는 경계를 두지 않는다// 경계는 이 지상의 일'이다. 지상의 경계는 저 하늘의 일이므로 마땅히 지상의 어지러운 경계에 개입해야 할 것이다. 다음 순간, '경계도 없이/너와 나,/ 온통 하나가 되는 꽃잎'이 된다. 경계는 이제 '주옥같은 시구의 첫 행같이// 이 먼 지상의 마을에 잊지 않고 종소리들'로 변환되어 따뜻한 손길로 이어지면서 '산간 오지마을'로 명명한 새로운 일상의 터전인 '농가'로 모여든다.

　조성림 시인은 그가 즐겨 다룬 시적 소재들을 의미화하고 자연스러운 지향점을 만들어 가고 있다. 이제 비로소 안주하게 된 '나만의 시간', '나만의 세계'는 '나만의 공간'을 지속적으로 확장하고 재구성함으로써 대상과 주변적 요소를 자연스럽게 끌어들인다. '어느 사람은 이 집터가 부자富者 터라 했고/ 또 어느 사람은 이 집터가 나쁘다고 말했다'에서 유추한 시간의 시적 인식은 지난 시간은 물론, 현재의 시간과 공간 그리고 미래의 시간과 삶을 사유하는 공간이 된다. 이곳에서 자연에 대

한 경외와 그가 추구한 생명의 세계가 '꽃'의 시간에 머물렀다
가 수축과 이완의 과정을 통해 구축된 '나만의 일상'을 살아
내기를 멈추지 않을 것이다. '오늘이 경전이고/오늘이 목숨'이
되는 절명의 시간을 욕망하는 이유일 것이므로.

시와소금 시인선 74

그늘의 기원

ⓒ조성림, 2018, printed in Seoul, Korea

1판 1쇄 발행 2018년 6월 15일
지은이 조성림
펴낸이 임세한
책임편집 박해림
디자인 유재미 정지은

펴낸곳 시와소금
출판등록 2014년 1월 28일 제424호
발행처 강원 춘천시 충혼길20번길 4, 1층 (우-24436)
편집실 서울시 중구 퇴계로50길 43-7 (우-04618)
팩스겸용 (033)251-1195 / 휴대폰 010-5211-1195
이메일 sisogum@hanmail.net
ISBN 979-11-86550-67-0   03810

값 10,000원

* 이 책의 내용의 전부 또는 일부를 재사용하려면 반드시 저작권자와
  시와소금 양측의 동의를 받아야 합니다.
* 지은이와의 협의로 인지는 생략합니다.
* 잘못된 책은 교환해 드립니다.
* 이 책의 국립중앙도서관 출판도서목록(CIP)은 서지정보유통지원시스템
  홈페이지(http://seoji.nl.go.kr)와 국가자료공동목록시스템에서 이용하실
  수 있습니다. (CIP제어번호 : CIP2018014682)

* 이 시집은 강원도 강원문화재단의 후원금으로 발간되었습니다.